LES
VERGES

ESSAIS POÉTIQUES

PAR

A. DUCHATEAU

MAITRE D'ÉCOLE A CARVIN

I. Saint Druon.

II. Qui ne croit ne peut.

SE VEND CHEZ TOUS LES LIBRAIRES

PRIX : 1 FRANC

SECLIN,

LIBRAIRIE ET PAPETERIE DE HUE – DELACOURT.

LES VERGES

DÉDIÉ A LA MÉMOIRE DE

M. ROUSSEL

DOYEN DE CARVIN

qui a vu la première ébauche de ce travail,
et en a accepté la dédicace.

LES VERGES

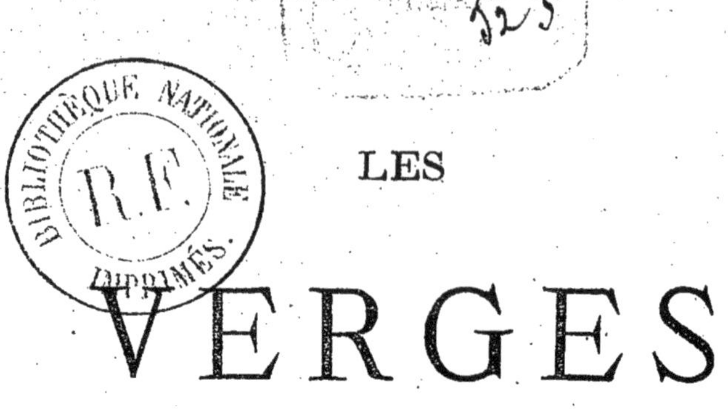

ESSAIS POÉTIQUES

PAR

A. DUCHATEAU

MAITRE D'ÉCOLE A CARVIN

I. Saint Druon.

II. Qui ne croit ne peut.

SECLIN,

LIBRAIRIE ET PAPETERIE DE HUE—DELACOURT.

PROLOGUE

On me dit : « Chanter saint Druon !
  » C'est un saint détestable !
» Un pauvre, un pélerin, ce n'est pas un patron
» Qui soit, pour le moment, tant soit peu présentable.
   » S'il vous faut, malgré tout, un saint,
   » Prenez-en un de meilleur teint,
» Marié, travailleur, bon père de famille ;
» Un sage saint, à qui l'on mariât sa fille ;
» Un saint civilisé, modéré, de bon ton,
» Qui sût mener de pair son salut, sa maison,
» Les affaires, le ciel, le monde, sa fortune !
» Un père, un patenté, maître de pension
» Doit avoir plus d'égard à l'espèce commune,
» Et moins se démener pour une exception ! »
   — Messieurs, ma réponse est bien claire :
Les saints de cette espèce ont peu cours au marché ;
   S'il en est, je n'en connais guère ;
Peut-être aussi sont-ils d'un acabit vulgaire,

Bonne plèbe du ciel dont on est peu touché,

Dont Dieu seul a connu la vertu singulière,

Dont pourtant voudrais être en la place dernière !

Donc, des saints qu'il vous faut, je n'en ai peu ni prou.

Du reste un grain d'extravagance

Me plaît bien dans un saint : l'amour est un peu fou ;

Et puis le coup de fouet convient à notre engeance

D'un naturel si mou !

On me dira : « Maître d'école,

» De quoi vous mêlez-vous ?

» Pourquoi ce ton acerbe et ce bouillant courroux ?

» Êtes-vous là dans votre rôle ?

» Taisez-vous, ou changez votre diapason ! »

— Brigadier, vous avez raison,

Et ma muse, à part moi, me semble bien hardie.

Pourtant, je vois que la maison,

Au mal si l'on ne remédie,

Vu s'abimer dans l'incendie :

N'est-ce pas qu'en ce cas même un homme de peu

Est tenu de crier : « Au feu ? »

— Mais de quel ton crier ? — Qu'importe,

Au loin pourvu que le son porte.

Chacun sa voix. Le plus grand tort

Serait-ce de crier trop fort ?

SAINT DRUON

Beati pauperes.

Eh bien, soit ! que le bronze éternise Voltaire :
Qu'on déifie en bloc, si l'on veut, Robespierre,
Luther, Bonaparte, Proudhon ;
Pur, au peuple infaillible entonne tes cantiques :
Devant vos dieux d'un jour, à genoux, fanatiques ;
Je préfère Labre et Druon.

Ceux-là n'ont pas de bronze en nos squares splendides :
Sans doute, ils souilleraient de leurs haillons sordides
Nos regards de hontes grisés ;
La foule à d'autres dieux consacre ce domaine :
Là, le roi, c'est l'Orgueil ; la Volupté, la reine ;
Là les humbles sont méprisés ;

Et ces humbles sont fiers : consultez leur histoire ;
Dans les rangs chamarrés des mendiants de gloire
Leur bure ne se montre pas ;
Ils sont grands : de Dieu seul ils portent la livrée ;
Forts, car ils ont vaincu, car leur tombe est sacrée,
Car le ciel fête leur trépas.

Nous aussi, fils pieux formés sur ces modèles,
Nous fêtons en nos chants les athlètes fidèles
Habiles dans l'art de mourir ;
Fi des gloires sans Dieu, des succès mercenaires !

Gardons, jaloux, gardons nos vivats populaires
  A qui sait aimer et souffrir !
Héros de mon pays, saint Druon, je t'implore ;
O pâtre d'Épinoy, dont Épinoy s'honore
  De vénérer le souvenir,
Garde-moi des pensers lâches ou téméraires ;
Garde-moi de rougir des vertus de nos pères,
  D'outrager ce qu'il faut bénir.
  — Poète, y penses-tu ? La tocade chrétienne
A fait son temps ; les saints, c'est de l'histoire ancienne ;
  Les morts sont morts, moderne Goth ;
Respecte leur sommeil ; bonhomme, je t'en prie,
Rime-nous de chevaux, de banque, d'industrie,
  Ou de femmes parlant argot :
De l'or et du plaisir ! le reste n'est que rêve ;
Laisse les flots sans but s'ébattre sur la grève ;
  Toi, n'obéis qu'à la raison ;
Médite à t'enrichir ; exploite la matière ;
Baisse-toi, point d'orgueil ; creuse cette poussière,
  Et borne là ton horizon.
  — Insensés ! Vous croyez que tout ce monde infime
D'un seul cœur généreux puisse combler l'abîme !
  Atôme dans l'immensité !
Non, non ; l'Océan veut de l'onde plein ses rives ;
Moi, je veux pour mon œil les vastes perspectives
  Du ciel et de l'éternité !
Imprudents ! savez-vous qu'aux jeux de la Fortune
La carrière est glissante, et la plainte, commune ?

Savez-vous qu'après maints efforts
Mille lutteurs meurtris rouleront sur l'arène ?
Savez-vous que la Terre est trop petite reine
Pour donner à tous des trésors ?
Lutter, à la bonne heure : à travers les orages
Vogue toujours poussée à de nouveaux rivages
La voyageuse humanité :
Grand Dieu ! que le vent souffle, au risque des tempêtes !
Le repos, c'est la mort ; les luttes sont nos fêtes,
Les fêtes de la liberté !
Mais sois notre fanal quand le flot devient sombre ;
Sois l'espoir du nocher dont la nacelle sombre
En proie au gouffre injurieux ;
Du juste qu'on poursuit calme l'âme troublée,
Et que des malheureux la foule consolée
Contemple ta croix et les cieux !
Hélas ! en notre Eden des arts et des machines
Un serpent s'est glissé qui souffle des doctrines....
Vos canons me rassurent peu ;
Au feu des ateliers je vois la Haine éclore ;
Je vois un peuple las que le Doute dévore,
Las d'être sans joie et sans Dieu.
Écoutez : il est là qui suppute dans l'ombre
De vos jours condamnés quand finira le nombre,
Quand sonnera le grand réveil !
Il se compte, il est fort, et sa fureur brutale...
Mais vous avez forgé, je crois, une morale ;
Riches, dormez votre sommeil !

Dormez ! j'entends mugir à l'horizon la trombe :
Plus de lois, plus de Dieu, plus rien après la tombe ;
    Des despotes et plus d'autels ;
Et devant ce tableau de mort qui nous oppresse,
Les prêtres du Progrès invoquent la Richesse,
    Dernière idole des mortels :
De l'or, c'est leur sermon ; de l'or, c'est leur prière ;
De l'or, crie en grondant le torrent populaire ;
    De l'or, répètent les échos ;
Et quand, aux jours prochains, sous nos pieds, sur nos têtes,
On entendra rugir la rage des tempêtes,
    De l'or hurleront tous les flots !
Chevaliers du plaisir, légion fulgurante,
Que fait pâlir du Christ l'armure trop pesante ;
    Quand viendra l'heure des combats,
Dites-moi : quand au sein de vos loisirs futiles
Éclatera l'obus des discordes civiles,
    Saurez-vous être des soldats ?
Un chancre vous dévore ; à l'âge où fleurit l'âme,
Vieillards prématurés sans élan et sans flamme,
    Vous avez à peine des sens ;
Est-ce encore un époux que votre épouse embrasse ?
Votre sang appauvri condamne votre race
    Et vos baisers sont impuissants !
Mais de vos lèvres d'or où trône la Sagesse,
Vous saurez, des forêts émouvant la rudesse,
    Linus aux magiques accords,
Aux tigres affamés, aux rochers, à la pierre,

Verser avec des sons l'amour et la lumière,

    L'allégresse et les saints transports?

Il n'est qu'une parole, et j'en dirai l'histoire :

L'homme était dans la fange, et Rome, dans la gloire,

    Quand cette parole éclata ;

Rome, cité d'orgueil, mère des esclavages,

Céda malgré César et la force et les sages

    A l'orateur du Golgotha !

    « Heureux le pauvre ! à lui la paix, la paix intime !

» Heureux : il a vaincu la Peur pusillanime

    » Qui glace plus d'un cœur mortel ;

» Il a mis son trésor au-dessus de l'orage,

» Au comble de ses vœux si le dernier naufrage

    » Fait échouer sa barque au Ciel. »

Hors de là tout est vain : solennelle et bouffie,

Sur son trépied d'un jour, chaque Philosophie,

    Infaillible jusqu'à demain,

Annonce avec fracas la vérité conquise ;

Mais chaque introducteur de la Terre promise

    Meurt sans traverser le Jourdain.

Parler ! depuis que Rome, Athêne, Alexandrie,

Honteuses d'abjurer leur sagesse amoindrie

    Devant douze ignorants pêcheurs,

S'éteignirent, laissant la phrase ingénieuse

Expirante trahir la lèvre harmonieuse

    Des sophistes et des rhéteurs !

Arrière ! vains pensers, fils de l'orgueil de l'homme :

L'homme, si grand qu'il soit, si haut qu'on le renomme,

Est de ma taille et de mon rang :
Je juge sa parole et sa voix et son style ;
Il faut pour terrasser ma raison indocile
Plus que de l'encre : il faut du sang !
Du haut de vos grandeurs, du sein de vos délices,
Oseriez-vous, du Ciel affrontant les justices
Et les larmes du genre humain,
Oseriez-vous prêcher au pâle prolétaire
Que tout est pour le mieux sur cette froide terre
Qui vend si cher un peu de pain ?
Non, vous n'oseriez point !... Voir l'abîme, et se taire !
Courber son docte front devant l'âpre mystère
De l'invincible pauvreté !
Ah ! dites-le tout haut : au fond de vos systèmes
Manque le mot, le seul qui résout les problèmes :
Ce mot, vous l'avez rejeté ;
Et vous êtes vaincus : plus même Diogène
Ne sait montrer un homme à la moderne Athène,
Pauvre et drapé de sa fierté ;
Nul tribun puritain qui ne porte, servile,
De l'Or dominateur la marque indélébile
Sur un front qu'il croit indompté ;
Vos sages ! leur esquif ne quitte pas la rive
Qu'ils n'aient bien calculé la valeur positive
Et l'emploi de leur cargaison ;
Payez, peuples, payez tribut à leur génie ;
Quant à la vertu pauvre, en pleine académie
Ils lui chantent des prix Montyon !

II.

O saints, frères aînés de la grande famille,
Vous hantez les sommets, et sur vos haillons brille
De la vertu l'éclat vainqueur ;
Des trésors d'ici-bas méprisant la misère,
Libres de par la croix, vous avez à la Terre
Montré le pauvre de bon cœur !
Et vous sauvez le monde ; et le Ciel vous envoie,
Doux messagers chargés de labeur et de joie,
De dénûment et de grandeur :
Combattants revêtus d'une divine armure,
Pontifes sous la pourpre, ou pâtres sous la bure,
Nous vous louons, forts du Seigneur !
Qu'on vante les héros, qu'on chante leur mémoire :
Prodigues de leur sang ils n'ont suivi la Gloire
Que dans les plus nobles sentiers ;
Mais bénis soient les saints : à la Raison suprême
Ils ont rompu leur chair, leur esprit, leur cœur même
Sans fanfares et sans lauriers !
— Sur le sein de son Dieu vieille race endormie,
Comprennent-ils, vos saints, la saine économie ?

Sottise que de s'immoler !
Grande force perdue, inutile martyre ;
Que ne s'employaient-ils à conquérir l'empire,
A produire, à vaincre, à briller ?
— En ces jours fortunés où le roi Progrès trône,
Faut-il prier le Ciel de nous faire l'aumône
De quelques nouveaux prétendants ?
Faut-il traîner au sacre, augustes gémonies,
Des maîtres si pressés de prêter leurs génies,
De prodiguer leurs dévoûments ?
Plus ce siècle insulteur chasse de rois livides,
Plus on voit s'acharner autour des palais vides,
Ombres que poursuit le destin,
Des sombres candidats la légion confuse,
Mendiants affamés qu'un vain éclat abuse,
Qu'allèche l'odeur du festin !
Ah ! nos yeux dégoûtés de lâches artifices
Ont besoin de revoir des nobles sacrifices
Le spectacle fortifiant :
Que votre exemple, ô saints, nous apprenne à descendre
Humbles jusqu'à n'avoir que le Ciel à prétendre,
Instruits du trône et du néant !
Mais si le cri d'un peuple entraîné vers l'abîme
Pour le salut de tous réclame une victime
Du sang prédestiné des rois ;
Qu'il vienne le roi saint, à son devoir fidèle ;
Qu'il traîne pour servir la chaîne solennelle ;
Qu'il porte le glaive et la croix !

Quand l'Orgueil parvenu, dans sa morgue grossière,
Sous le fracas des chars soulevant la poussière
          Qui nous ravit l'air et le jour,
Pour son faste né d'hier réclame plus d'espace ;
Saints, soyez candidats à la dernière place,
          Serviteurs de tous par amour.
     Quand le Luxe impudent que le Vice soudoie,
Sous l'œil scandalisé de nos enfants déploie
          Son cynisme retentissant ;
Pour apaiser le Ciel et pour venger la Terre,
Paraissez revêtus de la pure lumière
          Que répand un cœur innocent !
     C'est la masse sans nom, c'est le héros vulgaire
Qui défend la patrie aux grands jours de la guerre
          Et nous protége de ses flancs ;
On ne le connaît pas ; mais la France honorée
Sous ce vivant rempart de bravoure ignorée
          Brave les revers et le temps ;
     Ainsi l'humanité, que maint ulcère entame,
En ces vertus des saints que nul bruit ne proclame
          Puisant en secret sa vigueur,
Poursuit sous l'œil de Dieu, tourmentée et ravie,
Ses travaux de géant, cette indomptable vie
          D'âge en âge toujours en fleur.
     Ah ! puisque des douleurs, épreuve héréditaire,
Fils naufragés d'Adam nous buvons l'onde amère,
          Vaincus par les flots tour à tour ;
Pour consoler nos cœurs qu'un autre cœur s'oublie ;

Et qu'il nous reste au moins sur la Terre avilie
La douce main du saint amour !
Ah ! puisque des mortels les haines allumées,
Le bruit d'aigres débats, le fracas des armées
De la raison couvrent la voix ;
Des larmes et du sang célébrant les orgies
Quand la Force brutale étale ses folies,
Laissez nous celle de la Croix !
Clairvoyante folie ! oh ! de l'amour victime,
Le cœur épris de Dieu, dans son essor sublime,
Voit plus haut que votre raison ;
Votre sagesse, à vous, est courte et puérile :
Oubliez vous la mort ? la croyez-vous stérile ?
Rassurez-vous, c'est la moisson ;
C'est la moisson des saints : d'une frivole vie
De plaisirs abreuvée et d'honneurs assouvie
N'ignorant pas la vanité,
Et de loin contemplant nos soucis éphémères,
Ils ont dit : « Prenez tout, et laissez-nous, ô frères,
» Dieu, la paix et l'éternité. »
Certes, Christ triomphant, si ta force suave,
Apre en ton œil profond, auguste en ton front hâve
N'avait enfin séduit mon cœur ;
En toi, proscrit des grands, doux objet de colère
Que poursuit de ses cris la tourbe populaire,
Si je n'adorais mon Sauveur ;
Si ton sang rédempteur n'avait touché mon âme ;
Si ta crèche de paille et ton gibet infâme

N'avaient vaincu mon âpreté ;
J'aurais compris l'orgueil, cet orgueil qui méprise :
Tant la Fourbe menteuse exploitant la Sottise
Exaspère ma loyauté ;
Mais, la rougeur au front et la bouche riante,
Mendier au Pouvoir, à la foule insolente
Des faux honneurs le pain amer ;
Mais, étouffant le cri de mon âme oppressée,
Prostituer à l'Or mon dire et ma pensée,
Jamais, pour si peu c'est trop cher ;
Et s'il faut à ce prix acheter de la vie
Ces chétifs ornements que le vulgaire envie,
Et prendre les grandeurs si bas ;
Je comprends ces cœurs hauts, qui, rompant notre chaîne,
Vont respirer l'air pur dans le noble domaine
Du Maître qui n'abaisse pas.
Ah ! pardonne, Seigneur, pardonne à cette argile
Qui, de tes mains pétrie, ose, vase inutile,
S'aimer et se complaire en soi ;
Hors de toi, notre vie, on ne va qu'aux abîmes ;
Le néant nous appelle, et voilà quelles cimes
Nous pouvons atteindre sans toi !
Oui, nous te devons tout, Christ, roi de nos pensées ;
Nos hauteurs, vers les cieux nos âmes élancées,
Inquiètes de l'infini ;
Et nous sommes chrétiens même dans nos folies,
Et César qui voudrait des foules avilies
Doit te traiter en ennemi !

2

Mais qu'à tes pieds sanglants s'abîme le superbe ;
Ta foudre abat le chêne et respecte un brin d'herbe.
Celui dont la voix et le vœu
Montent puissants au ciel, sait-on comme il se nomme ?
L'humble : c'est que l'orgueil écarte Dieu pour l'homme ;
L'humilité fait place à Dieu.
Tu fus humble, Druon, et tu fus notre exemple ;
Et nous avons changé ta demeure en un temple,
Et nous implorons ton secours :
O pasteur, conduis-moi : sur la montagne ardue
Pour gravir de pied ferme et sans route battue
C'est à ton bras que j'ai recours.

III.

En ces jours reculés où, sous la voix de Pierre (1),
L'Occident s'ébranlait de piété guerrière ;
Dans un obscur hameau qu'on nommait Epinoy,
Chez d'honnêtes chrétiens, gens d'honneur et de foi,
Chez Cliquet, de ces lieux seigneur héréditaire,
Naquit un pauvre enfant qui ne vit pas sa mère.
Dieu fit payer la joie à la noble maison
Et de deuil attrista le berceau de Druon.
Rejeton de la mort, il grandit dans les larmes ;
Et, vers l'âge viril, quand l'enfant pour les armes
Devait quitter les jeux, et, vu le temps grossier,
Devenir pour sa peine un noble chevalier ;
Druon qu'une autre voix, qu'un autre amour appelle,
Préférant son salut à la loi paternelle,
Donne aux pauvres, pour Dieu, la moitié de son bien,
A ses frères le reste, et, ne réservant rien,
Sous l'appareil trompeur d'une indigente bure,
Dérobe à ses parents ses traits et sa figure,
Et s'en va, mendiant tout le long du chemin,
Voyageur pour le Ciel, à Rome en pélerin.

(1) Pierre l'ermite.

Donner tout, être pauvre : ô damnable imprudence !
Souffrir, et de plein gré : folie, extravagance !
Il se haït lui-même, et n'en démordît point :
Combien notre jeunesse est plus sage en ce point !
  Or, après un long jour d'ardeur et de poussière,
Tandis qu'il cheminait novice en la misère,
Accablé de fatigue et baigné de sueur,
Une secrète voix murmurait en son cœur :
« Druon, tout l'univers va dire à ta louange
» Que ta vie est d'un saint, d'un pur esprit, d'un ange,
» Toi qui, méprisant tout ce qui plaît ici-bas,
» Vois à peine la terre où se posent tes pas ;
» Sans doute, tes neveux, révérant ta mémoire,
» Consacreront un jour une église à ta gloire,
» Et tu vivras longtemps dans le cœur des mortels ;
» Mais, dusses-tu jamais t'asseoir sur les autels,
» Tous ces honneurs, crois-tu, valent-ils bien la peine
» De mettre un pauvre corps sans répit à la gêne ?
» Dieu le veut-il ? Ce Dieu qui verse ses présents
» Sur l'habitant des airs et sur l'herbe des champs,
» Et des bois parfumés souffle le frais murmure ;
» Dieu la joie et l'amour de toute la nature,
» Veut-il, sombre tyran de ses sujets jaloux,
» Que, bourreaux de nos corps et cruels contre nous,
» Pour plaire à son humeur avide de vengeance,
» Nous repaissions ses yeux d'un tableau de souffrance ?
» Que revient-il à Dieu de ces folles rigueurs ?
» Que servent aux humains ta fatigue et tes pleurs ? »

Mais, aux derniers rayons du soleil, quand la terre
Prélude par le calme au nocturne mystère;
Aux regards incertains de l'humble voyageur
Apparaît un calvaire, instrument de douleur,
Jadis arbre de honte, aujourd'hui bois sublime
Depuis qu'il a porté la divine victime:
Le signe rédempteur dont les pieux humains
Décorent les foyers, les temples, les chemins,
Au pauvre pélerin qu'il ranime et console
Des oracles sacrés explique la parole.

L'homme flottant, divers; l'homme qui de tout temps
Témoigna sa faiblesse en signes éclatants;
Dont toute la raison démontre la folie;
Qui, noble, se ravale; intelligent, s'oublie;
Tantôt lève bien haut l'étendard des vertus;
Tantôt, suivant la foule et les sentiers battus,
Au gré d'un incurable et bizarre caprice,
Va, méprisant le mal, se vautrer dans le vice,
Et livrer à la haine, à la fange, à l'orgueil
Son âme qui des cieux veut atteindre le seuil;
L'homme porte le sceau d'un forfait d'origine,
Et le feu dévorant d'une guerre intestine:
Un pacte violent l'enchaîne avec la mort;
Il veut vivre, et malgré la nature et le sort,
Les désirs infinis poursuivent sa misère;
Le néant l'épouvante, et Dieu le désespère.

Qu'un nouvel Empédocle, outré que son savoir
Ne puisse de l'Etna pénétrer le mystère,

Les yeux troublés de désespoir,

Saute à pieds joints dans le cratère ;

L'abîme ne dit rien à l'Orgueil scrutateur,

Indocile qui veut connaître ;

La croix répond à l'humble ; elle gagne le cœur

Et réfute tous les peut-être :

L'homme, vassal félon, a forfait à l'honneur :

Il a trahi l'amour, Dieu son père et son maître.

Pleure, mortel, et par ce pleur,

En face de la croix ton espoir va renaître,

L'espoir, fils de l'amour et fils de la douleur.

L'homme libre porte la chaîne

De mille instincts pervers, implacables tyrans :

Comment les détrôner ? Comment dompter les sens

Et rendre en ses conseils la raison souveraine ?

Au prix d'obscurs combats sans cesse renaissants ;

Combats où le soldat, aguerri par les ans,

Blanchi sous le harnais et courbé sous la peine,

N'a jamais de repos pour ses bras triomphants

Qu'enterré sous l'arène.

Esprit vivant dans un palais de chair

Que la sape du temps chaque jour mord et ronge,

Il parcourt l'infini, brille comme l'éclair,

Et disparaît comme le songe.

Le spectre de la mort, mystère de terreur,

De ses plus gais pensers assiége l'avenue.

Du profond avenir comment percer la nue ?

Comment rompre le charme où l'âme est retenue

Sans le glaive de la douleur ?

Douleur, puissant levier, force mystérieuse

Qui, de la terre où nous rampons,

Portes l'esprit créé jusqu'aux sommets profonds

Où Dieu cache du vrai la face lumineuse ;

Toi qui couvres d'épis le champ du laboureur,

Du poëte enrichis les veilles,

Et fais un palais de merveilles

D'un séjour de mort et d'horreur ;

Douleur, de tous les biens condition amère,

Compagne de la Force et mère des Vertus,

Quand tu descendis du Calvaire,

Tu relevas de la poussière

Les mortels de plaisirs usés et corrompus,

Et tu fus désormais pour la terre ravie

La source de la joie et le sel de la vie !

Homme, de tes destins pour fléchir la rigueur,

Pour régner sur toi-même et vaincre la nature,

Tu dois prendre d'assaut tous tes titres d'honneur ;

Tu dois avec le Christ gravir la pente dure

Du travail et de la douleur !

Et Druon, par la croix instruit à la souffrance,

Réconforté par ce baume divin,

Protégé de celui qui ravit d'espérance

L'humble couche du pélerin,

Parvint aux horizons de la pure science ;

Il vit des profondeurs où du génie humain

Ne pénétra jamais la plus haute puissance ;

Il sut Jésus, et libre désormais,
Libre enfin du vieil homme et des esprits mauvais,
Il marcha droit et ferme en la route royale
De la céleste Pauvreté ;
Franchit dès ici-bas la porte triomphale
De la divine Humilité ;
Même en son cœur ému l'Amour chanta victoire :
L'Amour qui de clartés inonde la nuit noire ;
L'Amour qui vainc le monde, et plus fort que la Mort,
Soumet à qui sait croire
Le Ciel et les Enfers, la Nature et le Sort !
Le monde est comme un incendie
Qu'excitent, rivales d'ardeur,
L'Ignorance et la Perfidie,
La Sottise vaine et l'Erreur ;
Mais un Dieu calme les tourments ;
Il sait des flammes dévorantes
Et des flots diriger l'essor ;
Vos pieds, ô saints, foulent la braise,
Et vous brillez dans la fournaise
Éblouissants de pourpre et d'or !
Sebourg, tu vis dans sa cellule ardente
Fidèle à d'austères serments,
D'une écharpe de feux, auréole éclatante,
Resplendir un reclus aux pauvres vêtements.
A l'homme en prière
Prêtant sa lumière,
Comme un soleil de juin aux flots étincelants,

La flamme soumise

S'arrête surprise

Devant la majesté de haillons triomphants.

Épinoy, vénère

Ton prince, ton père ;

Devant ses cheveux blancs

Incline-toi dans la poussière,

Et dis-lui : « Saint Druon, protège tes enfants !

» O père, garde ta famille

» De la foudre qui retentit,

» Du clinquant imposteur qui brille,

» Et du plaisir bas qui flétrit ;

» De tout ce vain monde

» Que le mal inonde,

» Où jamais le cœur

» N'a paix ni bonheur. »

Qui nous défendra de l'Envie ?

Qui saurait abriter son honneur et sa vie

Des traits empoisonnés que sa haine fourbit ?

Tout éclat offusque sa vue,

Et dans sa triste et froide nuit

Brille trop la Misère nue

Si de l'or des vertus son humble front reluit.

Voyez : le jour vers l'ombre incline,

Et le soleil dans un ciel pur,

Disque de feu sur fond d'azur,

Dort au sommet de la colline ;

Et de là son dernier rayon

Tombe moite sur le gazon.

Chapelle rustique,

Ta vître gothique

S'allume aux feux du soir ;

Le vent se repose,

Et son souffle n'ose

Courber l'herbe des champs ni l'arbre du manoir.

Druon qu'appelle

A la chapelle

Son cœur ardent,

Son Dieu présent,

A grands pas s'avance

Vers les saints lambris ;

En ces murs recueillis

Il s'incline et prie en silence.

A peu de distance

Les douces brebis

Broutent l'herbe dense

Des gazons fleuris ;

Mais la haine impie

Le guette, l'épie,

Le dénonce et crie :

« Coupable abandon !

» Lâche trahison !

» Venez voir, dit-elle,

» Le pâtre infidèle,

» Pieux et félon ! »

Mais, auguste scène !

Là-bas dans la plaine

Luit à l'horizon,

Debout et sereine,

Une forme humaine :

C'est lui, c'est Druon !

Le Dieu que charme la prière,

Touché que les mortels implorent sa lumière

Et son secours et son pardon,

De sa haute sphère,

Du ciel à la terre,

Envoie un pasteur,

Un ministre, un ange

Qui supplée et venge

Son doux serviteur !

Ils vont passer, Druon, ces jours de larmes

Qui commencent dès ton berceau ;

Malheur à qui la vie a prodigué ses charmes ;

Il va d'un lourd sommeil au réveil du tombeau ;

O réveil plein d'alarmes !

Les douleurs et les croix engendrent les grands cœurs ;

Dieu les accorde à ceux qu'il aime ;

Il conduit ses élus aux célestes splendeurs

De la félicité suprême

Par des chemins mouillés de pleurs ;

Tandis que du plaisir les molles théories

S'embarquent dans les chants, l'allégresse et l'amour

Vers des rives fleuries,

Savourant au départ l'ivresse du retour ;

Mais, espoir mensonger, trompeuses rêveries :
Le festin est passé, les coupes sont taries ;
Convive inattendu, la Mort vient, à son tour,
　　　Et ramasse flétries
　　　Toutes ces fleurs d'un jour,
Éternels ornements de l'infernal séjour !
　Quand notre âme abattue, aux vains soucis en proie,
En ce monde si dur ne trouve plus de joie,
　　　Plus de trêve dans les travaux ;
Montre-nous, ô Druon, où le bonheur réside,
Où, lassés et rompus de fatigue et de vide,
　　　Nous jouirons du vrai repos.
　Si l'athlète vainqueur aime à revoir l'arène
Où son bras a conquis la palme souveraine,
　　　Le laurier trempé de sueur ;
Sans doute la patrie à ton cœur parle encore ;
Ils te sont chers, Carvin, que ta naissance honore,
　　　Et Sebourg, autre champ d'honneur ;
　Ainsi, prince puissant de la cité sereine,
Quand, abaissant les yeux sur la riante plaine
　　　Où tu vécus, où tu naquis,
Tu revois les témoins de ta sainte carrière ;
Père, sur tes enfants à tes pieds en prière,
　　　Fixe des regards attendris ;
　Ah ! demande pour nous au Maître, au Roi de gloire,
De combler de ses dons ces bords où ta mémoire
　　　Vivra vénérée à jamais ;
De leur verser toujours la joie et l'abondance,

Et les fortes vertus et la haute science
    Qui du cœur enseigne la paix.
  Si la Foi, qui nourrit les saints et les courages,
Lumière pâlissante au sein de nos orages,
    Ne brille plus comme autrefois ;
Si, de nos fiers aïeux enfants pusillanimes,
Nous n'osons fixer l'œil sur les ardentes cimes
    Qu'éclaire l'astre de la Croix ;
  Du moins, le souvenir de nos grandeurs passées,
Comme un noble remords poursuivant nos pensées,
    De nos cœurs trouble le sommeil ;
C'est le sang des héros qui s'indigne et murmure
De laisser se rouiller dans le repos l'armure
    Qui veut la poudre et le soleil !
  Du moins, sous le concert des sarcasmes impies,
A la face des cieux, nos épaules hardies,
    Bravant la sagesse du temps,
S'honorent de porter ta radieuse image,
Et de rendre à ton nom populaire l'hommage
    Qu'on ne rend plus aux conquérants !
  Le vieux levain chrétien en notre âme étouffée
Triomphe, et nous voilà levant comme un trophée
    Notre céleste et doux patron :
Cités, sur vos forums dressez vos capitaines,
Vos artistes, vos rois ; Carvin a mieux : nos plaines
    Ont produit le berger Druon.

QUI NE CROIT NE PEUT

Et hæc est victoria quæ vincit
mundum fides nostra.

I.

Avez-vous entendu, collégien imberbe,
Pérorer devant vous un professeur superbe
Exaltant les bienfaits des révolutions
Qui chassèrent le Christ des lois des nations ?
Avez-vous admiré qu'on vous payât un maître
Contradicteur public des doctrines du prêtre,
Et, fort de vos quinze ans, d'un ton délibéré,
N'avez-vous pas conclu contre votre curé ?

Avez-vous, bon lecteur des pages imprimées,
Dans la ville et les champs par la poste semées,
Avez-vous fulminé contre les temps de foi
Où l'Église était reine, où le Christ était roi ?
Or le bien était jeune, alors ; le mal, antique.
Le mal, c'était le monde impur et tyrannique
Traînant les fruits honteux de ses iniquités,
Ces monstres immortels (1) par le Christ seul domptés.

(1) L'esclavage, la violence et tous les abus de la force.

C'était l'aube : le jour combattait les ténèbres ;
Mais de la nuit encor tous les spectres funèbres
En désordre luttaient : le chaos était grand
Et le travail fécond : il naissait un géant ;
Et la bête de chair, le Vice à l'œil farouche
Chevauchait l'arme au poing, le blasphême à la bouche ;
Et le faible opprimé, sans secours, aux abois,
N'avait que Rome et Dieu pour entendre sa voix.
Mieux vaut un protecteur muni de bonnes armes,
Peut-être, et qui nous pût envoyer des gendarmes ?
Ah ! quand la force est tout, plût au ciel qu'aujourd'hui
Le faible, armé de Dieu, du faible fût l'appui !

    Avez-vous, bon bourgeois sans rancune et sans haine,
Honnête industriel rêvant blé, sucre ou laine,
Maudit ces temps obscurs, sans vapeur, sans wagon,
Ignorants, sans journaux ; mal vêtus, sans coton ?
Vous, hommes modérés, sérieux en affaires,
Commerçants arrondis, graves propriétaires,
N'avez-vous pas frémi dans vos cœurs, dites-moi,
En songeant à ces jours d'énergie et d'émoi
Où des peuples entiers, pris de la même ivresse,
Oubliant du Plaisir la voix enchanteresse,
Sans souci du repos, négligeant l'intérêt,
Aux champs de l'Orient souillés par Mahomet,
Allaient porter le glaive et la croix vengeresse
Et conquérir la mort, le Ciel ou la noblesse ?
Hommes tièdes, déteints, par le doute affadis,
Quelle horreur, n'est-ce pas, de voir des gens hardis

Déployer devant tous leur cœur et leur bannière,
Dire oui, dire non d'une voix haute et claire ?
Gens grossiers, ignorant le vrai terme moyen :
Aimer le bien du mal, aimer le mal du bien ;
Se glisser en rampant entre les camps contraires ;
N'avouer, par calcul, d'amis ni d'adversaires ;
Et, du monde en secret se faisant le pivot,
N'avoir que soi pour règle et ne régler qu'un sot.

O Français, mes amis, concitoyens mystiques,
Généreux contempteurs de toutes les logiques,
Que le Ciel a brûlés de son plus noble feu ;
Peuple charmant et fou, peuple béni de Dieu,
Vous avez méconnu, sur la foi de faux sages,
Les temps laborieux, les héroïques âges
Où vos aïeux, géants de courage et de foi,
Étaient de l'univers le miracle ou l'effroi.
Pourtant ils étaient beaux et nourris d'ambroisie
Ces trouvères gaulois dont l'apre poésie,
Fille de notre race et fille de la croix,
Ennoblissait le glaive, et, chantant des exploits
Et des preux ignorés de la muse païenne,
Initiait le monde à la grandeur chrétienne.
Et les temps étaient grands de lumière et d'amour
Où notre âge vieilli, par un sage retour,
Va puiser les secrets de la saine science
Et rajeunir ses sens aux sources de Jouvence.
O Bernard, ô Thomas, ô sublimes docteurs
Dont nos yeux affaiblis craignent les profondeurs,

O travailleurs de fer, votre bras athlétique
Roulait les rocs massifs de l'apre scholastique ;
Et nous, pauvres enfants de douceurs énervés,
Ballons resplendissants, mais si vite crevés,
Prodiges éclos d'hier d'œufs couvés à la hâte,
Charlatans, nous brillons d'un savoir d'acrobate.

Il est fort le travail ; il est beau de vouloir !
Il faisait bon alors que le blanc et le noir,
L'iniquité, le droit, l'honneur et l'infâmie,
Broyés dans le mortier d'une affreuse chimie,
N'étaient pas devenus des termes sans clarté,
Et qu'on était au moins riche de vérité.
Ah ! grande était l'époque incorrecte et barbare
Où l'honnête Pilate était un oiseau rare ;
Où l'homme craignant Dieu son maître et son seigneur,
Fondant sur Dieu ses droits, sa force, son bonheur,
Aurait bondi soudain d'horreur et de colère
Si quelque rêve-creux, que le progrès tolère,
Était venu chanter à sa simplicité
Qu'il est bon avec Dieu d'être en intimité ;
De l'admettre chez soi solitaire convive ;
Mais qu'en public, de peur que le Juif n'invective,
De crainte que l'athée ou le bon mécréant
Ne se fâche de voir ce spectre malséant,
Il convient de voiler sa redoutable image
Et de lui refuser le plus discret hommage ;
Que pour mettre en son lieu chaque religion
Il faut baser les lois sur la seule raison,

Et se gourmant ainsi de haute indifférence,
Mettre au-dessus de Dieu sa force et sa science !
Comme si mille faits de la société,
Le pouvoir, la famille et la propriété,
S'appuyant sur le roc de la force divine,
Tirant du ciel tout droit leur profonde origine,
N'offraient au gros bon sens du vulgaire censeur,
Comme à l'œil exercé de l'habile penseur,
La pleine absurdité, l'éclatant caractère
Qui terrasse l'esprit en lui criant : « mystère ! »

II.

Croyez en Jupiter, croyez à Mahomet !
Un croyant sait souffrir ; un croyant se soumet.
Un peuple croyant dure et résiste ; et l'Irlande,
Tant qu'elle aura son Dieu, par son Dieu sera grande ;
En gardant la prière et l'espoir dans son cœur,
La Pologne usera les fers de l'oppresseur.
O saintes nations, nobles sœurs de la France,
Sauvez, sauvez la foi, l'honneur et l'espérance :
Courage, et vous vivrez : la Force n'a qu'un jour,
Son succès la dévore, et le juste a son tour.
Contre l'aigle rapace a résisté l'Espagne ;
Contre nos bleus jadis a tenu la Bretagne ;
Et ces illustres bleus, arrachés aux sillons,
Pour briser, n'est-ce pas, les fers des nations ;
Ces farouches si vite assouplis par l'empire,
D'où venait leur ardeur ? Ah ! faut-il vous le dire ?
Élevés dans l'Église aux nobles sentiments,
Élevés par l'Église à tous les dévoûments,
Croyant à la vertu d'une foi simple et pure,
Ils ne soupçonnaient pas la ruse et l'imposture.

Trompés, mais pleins d'honneur, ces crédules soldats
Pour la patrie et Dieu bravent tous les combats !
Alors tout est mélange, erreur, trouble suprême :
Dans la nuit la vertu blesse l'Église même :
Aux aveugles, la gloire ; aux dupes, les hauts faits ;
Mais aux menteurs haineux la honte et les forfaits !
Plus de foi, plus d'élan ; tout s'envole en fumée,
Et le vainqueur des rois dit : « Je n'ai plus d'armée ! »
Foi vivante, tu fais les saints et les héros !
Les raisonneurs ? allez, ils ne sont pas si sots :
Leur fait n'est que calcul, acier, géométrie :
Nul Gambetta n'aurait compté sur leur furie !
Quand on ne croit plus rien, on n'a plus qu'à périr ;
Quand on ne croit plus rien, on ne sait plus mourir,
Et nous voyons trotter à travers champs et villes
Les troupeaux déconfits de nos guerriers mobiles.
Quand Dieu n'est plus caché dans ses plis, le drapeau
N'est, au bout d'un bâton, qu'un illustre oripeau.
Oui, si le Christ n'est plus le Dieu de ma patrie ;
Si nous laissons tomber de notre main pourrie
L'héritage sacré de nos traditions ;
Si nous devons croupir parmi les nations
Qui livrent Rome et Dieu par un baiser infâme,
Je n'ai plus de patrie, et je reprends mon âme !

   Mes maîtres, soyez fiers d'un long règne impuni !
Ou nous sommes perdus, ou vous avez fini !
Nous revoyons la nuit des débauches sceptiques
Où Rome vit mollir de ses héros rustiques,

Le bras fatal au monde et le cœur valeureux :
Il est des crimes grands, des mensonges heureux.
La multitude est mûre : il lui faut des outrages ;
Elle prodigue tout, les sifflets, les suffrages ;
Bientôt elle voudra peupler les cieux déserts
Des sinistres bouffons qu'a hués l'univers.
Les martyrs sont venus ; demain, les catacombes !
Nos tyrans inquiets, furetant dans les tombes,
Nous feront reparaître au soleil des vivants
Pour ouïr les clameurs du peuple et des savants ;
Du tigre et du penseur pour assouvir la rage,
Et montrer ce que c'est que d'avoir du courage.
Malheur ! l'astre de vie à l'horizon descend,
Et l'ombre de la mort chaque jour va croissant,
Et plus d'homme ! la chair veut dévorer le monde
Et rien ne peut suffire à cette pieuvre immonde !
Cet enfant de vos os même va vous trahir :
Depuis Pierre l'homme est trop fier pour obéir
A l'homme ; et pour subir la force et l'esclavage,
Nous sommes, fils du Christ, de trop haut parentage !
Vous êtes bien petits avec votre raison
Pour forcer des Français à la soumission :
Les faîtes du pouvoir pleurent la croix absente :
Rien ne l'a suppléée et la place est vacante.
Vous aurez beau gronder et gonfler votre voix ;
Vous aurez beau prêcher le respect à vos lois,
Et vanter la splendeur de vos trucs politiques :
Tous vos palais sans Dieu sont du marbre et des briques

Vos discours sont des mots ; vos codes, du papier :
Tout manque, tout s'effondre et croule tout entier.
Ne le saviez-vous pas ? Pour nous, pour l'homme libre,
L'autorité, c'est Dieu ; c'est le seul nom qui vibre
Et puisse me ployer au joug de la raison ;
Sans lui, votre or n'est rien, et rien votre canon.
Horreur ! j'entends hurler sur nos villes fumantes
La folle Orgie en ronde entraînant ses bacchantes ;
La Science, bras nus, d'un air froid et serein,
Sert la flamme et la foudre au nouveau souverain ;
Et cent lâches, voyant qu'Attila règne et mange,
Aux genoux d'Attila chanteront sa louange,
Et pour dernier exploit, heureux de se venger,
Serviront à leur maître un jésuite à manger !
Est-ce ainsi que finit cet accès de démence
D'un peuple baptisé niant la Providence,
Qui s'est moqué de tout, qui n'a rougi de rien,
Et qui laissa tout libre, excepté le chrétien ?
Envoyez votre esprit : que tout se renouvelle,
Seigneur, et que renaisse une France plus belle !
Hélas ! vos serviteurs ont navigué la nuit :
Vous dormez, et qui sait où le vent nous conduit ?

III.

—Pourtant les blés sont beaux, l'emprunt va, l'or abonde ;
Pourquoi s'inquiéter ? Laissons rouler le monde !
Ils ne reviendront plus, ces vieux jours tant pleurés :
Pourquoi nous resasser vos secrets arriérés ?
Quel profit retirer de ces jérémiades ?
Guérissez, croyez-moi, d'abord vos yeux malades ;
Ce temps a du mauvais ; mais il a du meilleur :
Voyez tous ces engins, les railways, la vapeur ;
Ces travaux merveilleux du moderne génie ;
La Terre tout entière exploitée, assainie ;
Les isthmes et les monts forés, creusés, coupés ;
Les plus humbles bourgeois daguerréotypés ;
Les pauvres bien vêtus ; le travail et l'aisance
Comme la liberté régnant partout en France ;
La consommation en tous lieux en progrès,
Et la prospérité de tant de cabarets ;
Il n'est plus de distance : un fil transatlantique
Joint à travers les flots l'Europe à l'Amérique ;
Le commerce est partout ; la peste, nulle part.
Autrefois l'on disait : « Que c'est gros un milliard ! »

Il en faut huit et plus pour quelques mois de guerre,
Maintenant : on vous met en même temps en terre
Plus d'hommes que jadis un empire en comptait.
En ces temps-là, c'est vrai, chacun s'en rapportait
A Rome,— accord parfait,— tous : « deux et deux font quatre ; »
C'était roide : rien à mettre, rien à rabattre.

   Aujourd'hui : « Pas de passion,
  » Fuyons l'exagération :
  » Dire cinq ou six, c'est peut-être
  » Aller loin ; trois pourrait paraître
  » Trop petit ; mais le milieu
  » Qui n'est le trop ni le trop peu,
  » Qui le connaît ? Cela varie
  » D'après les pays et les temps,
  » Les goûts et les tempéraments,
  » Les beaux jours et l'intempérie.
  » Ne jurons de rien, c'est plus sûr :
  » Pas de certitude absolue,
  » Tout est incertain, fruste, obscur,
  » Et tout esprit a la berlue.
  » Que deviendrait la liberté,
  » Si chacun vivait garotté
  » Dans les langes d'une doctrine ?
  » Le doute immense, universel,
  » Embrassant la terre et le ciel,
  » Voilà de l'air pour la poitrine ! »
  — Oui, voilà les chemins ouverts
  Pour tous les cerveaux à l'envers ;

Et l'air empesté qui féconde
Le champ de l'Égoïsme immonde !
De ce temps les mille douceurs,
Le génie armé de la foudre,
Est-ce le fruit de vos labeurs ?
Ces Messieurs les libres-penseurs
Auraient-ils inventé la poudre ?
Quoique le diable ait ses clartés,
J'en doute fort ; mais, chose sûre :
Ce sont vos esprits révoltés,
Ce sont vos folles libertés,
Qui font de ces biens tant vantés
L'abus et la caricature !
Les Allemands sont à coup sûr
De solides foudres de guerre ;
Ils sont de l'acier le plus pur,
Sans un défaut qui les altère :
Conscience, Dieu, loyauté,
Vieux mots lourds que le progrès chasse,
Par vous le succès est raté,
La Force boîte et l'acier casse !
Oh ! ces mathématiciens,
Experts en formules techniques,
Se préservent d'être chrétiens :
Cela nuirait aux mécaniques !
Les chemins de fer, la vapeur
Sont des inventions utiles :
Sans cela comment un voleur

Pillerait-il seul plusieurs villes ?

On nous chantait que le Progrès

Tuerait les haines et la guerre :

Les Prussiens sont, tout exprès,

Venus pour forcer les niais

A professer tout le contraire.

Par ma foi, j'aime presque autant

Subir les douceurs germaniques

Que d'essuyer le tremblement

Des roulades philosophiques,

Et des fadeurs philanthropiques !

Oh ! puissiez-vous, cœurs magnifiques,

Qui distillez le sentiment

Et les phrases soporifiques,

Réfléchir un petit moment

A ce que tout ceci peut avoir de charmant :

L'homme moderne, l'Allemand,

Sans aucun préjugé gothique,

Ni jésuite, ni catholique,

Bon athée et bon protestant,

Sachant lire correctement,

Vous montre l'avenir présent :

C'est l'idéal que voit votre candeur mystique ;

C'est le modèle politique,

Plus fort et plus parfait que vous n'êtes, parbleu,

Vous qui, par accident, croyez peut-être en Dieu :

Méditez cet objet de votre idolâtrie !

Et moi, de frayeur je m'écrie :

« Restons Français, je vous en prie !

» O bons paysans routiniers

» Que le progrès ne change guères,

» Résistez comme des piliers,

» Tenez bon comme des rochers,

» Et conservez dans vos foyers

» Les dures têtes de vos pères !

» Gardez en vos cœurs, ouvriers,

» Toutes les semences vitales,

» Ces trésors ailleurs oubliés,

» Et les vertus théologales !

» Pas trop n'aimez les cabarets :

» Souvent le diable y tient boutique,

» Et chacun sait que le Progrès

» Est un dieu fort alcoolique !

» O braves semeurs de nos champs,

» Des soldats réserve dernière,

» Récoltez des épis, récoltez des enfants ;

» A l'abri des journaux gardez votre bon sens,

» Et restez du bon Dieu la sainte pépinière.

» Quant aux chercheurs de vérité,

» Aux progressifs à tête plate,

» Qu'ils réclament droit de cité

» En Prusse ou chez le vieux Pilate ! »

IV.

Or donc, gardons le droit de plaindre nos aïeux ;
De nous croire plus grands, plus sages, plus heureux ;
Et regardons de haut ces splendeurs cléricales :
Raphaël, Bossuet, Dante et les cathédrales.
Narguons le pauvre moine, intrépide pionnier,
Instituteur, savant, missionnaire, infirmier,
Copiste, laboureur, cachant sa vie austère
En l'active cité de son saint monastère ;
Deux fois saint : il sauva les antiques auteurs ;
Il défricha nos champs, nos esprits et nos mœurs ;
Répandit des vertus la semence féconde,
Et fut l'ardent foyer qui réchauffa le monde !
Oublions ces ultras, ces fous, ces exaltés
Aux éléments émus dictant leurs volontés !
Oublions ! car le Christ sur leurs tombes fermées
A laissé son amour et sa croix imprimées,
Et peut-être en songeant à leurs restes mortels,
Nous irions, de respect, embrasser les autels ;
Peut-être qu'avouant notre insigne faiblesse,
Nous jetterions au Ciel un regard de détresse,

Et qu'enfin, sous le poids d'écrasantes leçons,
Nous crierions : « Sauvez-nous, ô Christ, nous périssons !

Oublions !... Cependant pour donner à la terre
Un parfum d'espérance, un éclair de lumière ;
Pour rendre au pauvre peuple un peu de ce bonheur,
De cette dignité qui fait du bien au cœur ;
Pour lui rendre le calme, et cette âme sereine
Capable de porter et la joie et la peine ;
Pour que, grand et puissant enfin dans la cité,
Armé de son suffrage, armé de liberté,
A la règle des mœurs ployant son âme fière,
Il puise la raison en sa source première ;
Pour guérir de ce temps l'ennui mystérieux,
Et nous consoler tous même des jours heureux,
Qui viendra, quand notre âme ingrate et solitaire
Aura banni l'amour qui visitait la Terre ?

Ah ! rendez-nous ces jours de confraternité,
Quand tous, sur le chemin de leur éternité,
Pour adoucir des maux l'étreinte passagère,
Avaient tous pour soutien et l'Église pour mère !
Quand le riche et le pauvre, unissant leurs efforts,
Acceptant leurs destins, se pardonnant leurs torts,
Foulant aux pieds l'orgueil, l'avarice, l'envie,
Maîtres et serviteurs, aux hazards d'une vie
Dont Dieu faisait la règle et la sécurité,
Opposaient la concorde et la simplicité !
Rendez-nous sous les feux des vastes basiliques
Les flots pacifiés des foules catholiques ;

Les Dimanches chrétiens, les jours réparateurs
Qui réconfortaient l'âme et les bras et les cœurs !
Ah ! rendez-nous surtout ces ardeurs magnanimes
Qui portaient les grands cœurs aux dévoûments sublimes !
Pour les lever au Ciel, purifions nos mains,
Et redemandons-lui des vertus et des saints.
Prions et méditons : la céleste rosée
Peut rafraîchir encor cette terre épuisée ;
Haut les cœurs ! écartons les profanes loisirs ;
Méritons que le Ciel seconde nos désirs.

   Grand Dieu, méprisez-vous les rêves de la France,
Et faut-il du progrès renier l'espérance ?
Ces oracles fameux, ces mots fascinateurs
Qui firent tour à tour battre nos jeunes cœurs,
Sont-ils un pur mensonge et des énigmes vaines
Qu'un sphinx ennemi jette aux passions humaines ?
Sommes-nous à jamais un peuple désuni ?
Faut-il voiler sa tête et dire : « C'est fini ! »
Ou bien, comme on a vu des sibylles antiques
Sans comprendre, exhaler des secrets prophétiques ;
Comme des mots jadis obscurs, mystérieux,
Sont devenus lumière et grand sens à nos yeux ;
Ce rebelle idéal, cet entraînant mirage
D'une ère de grandeur serait-il le présage ?
Ces mots pleins de menace et de témérité
Deviendraient-ils enfin la paix, la vérité ?
O saints, à qui l'amour donne l'intelligence ;
Qui dans le Christ en croix puisez toute science ;

Vous que l'Église mère, en ses augustes flancs
Doit produire sans fin jusques aux derniers temps;
D'un grand âge chrétien ouvrez-nous la carrière :
Paraissez et qu'on dise : « Enfin, c'est la lumière ! »
Ombres, dissipez-vous : j'entends déjà venir
Celui qui doit guider nos pas vers l'avenir !

Lille, imp. Six-Horemans. 71-2216.